Le monstre
de Chambouleville

Une histoire écrite par
Louise Tidd

et illustrée par
Philippe Germain

Texte franç
Marie-Andrée

*cheval
masque*

Catalogage avant publication de Bibliothèque et Archives nationales du Québec et Bibliothèque et Archives Canada

Tidd, Louise Vitellaro

Le monstre de Chambouleville

(Cheval masqué. Au pas)
Traduction de : Monster problem.
Pour enfants de 6 à 10 ans.

ISBN 978-2-89579-215-4

I. Germain, Philippe, 1963-   II. Clermont, Marie-Andrée.
III. Titre. IV. Collection.

PZ23.T52Mo 2008   j813'.54   C2008-941179-X

Ce texte a été publié en anglais dans la revue ChickaDEE en octobre 2005.

Nous reconnaissons l'aide financière du gouvernement du Canada par l'entremise du Programme d'aide au développement de l'industrie de l'édition (PADIÉ) pour nos activités d'édition.

Conseil des Arts   Canada Council
du Canada   for the Arts

Bayard Canada Livres inc. remercie le Conseil des Arts du Canada du soutien accordé à son programme d'édition dans le cadre du Programme des subventions globales aux éditeurs.

Cet ouvrage a été publié avec le soutien de la SODEC.
Gouvernement du Québec – Programme de crédit d'impôt pour l'édition de livres – Gestion SODEC.

Dépôt légal – 3ᵉ trimestre 2008
Bibliothèque nationale du Québec
Bibliothèque nationale du Canada

Direction : Andrée-Anne Gratton
Graphisme : Janou-Ève LeGuerrier
Révision : Sophie Sainte-Marie
Traduction : Marie-Andrée Clermont

© **Bayard Canada Livres inc.**, 2008
4475, rue Frontenac
Montréal (Québec)
Canada H2H 2S2
Téléphone : 514 844-2111 ou 1 866 844-2111
Télécopieur : 514 278-3030
Courriel : edition@bayard-inc.com
Site Internet : www.chevalmasque.ca

Imprimé au Canada

1

GARE AU MONSTRE !

Les gens de Chambouleville vivent un énorme problème. Tous les après-midi, à deux heures précises, Oscar le monstre fait une entrée fracassante dans la ville.

Et chaque jour, il détruit un petit coin de Chambouleville.

La semaine dernière, Oscar a foncé tout droit dans le vieux chêne planté à l'entrée de la ville. L'arbre s'est effondré dans un craquement formidable.

Et Chambouleville a tremblé tout le reste de l'après-midi.

Il y avait autrefois une montagne à l'autre bout de la ville. Avant-hier, Oscar l'a fracassée.

La montagne s'est effritée. Aujourd'hui, il n'y a plus qu'une colline minuscule!

Les gens de Chambouleville ont tous très peur d'Oscar.

Tous, sauf une fillette de sept ans
appelée Éléonore Grosses-Lunettes.

Chapitre

2

UNE PORTE
BIEN GARDÉE

Éléonore est très curieuse. « Il y a sûrement une raison pour laquelle Oscar brise tout sur son passage », se dit-elle.

9

La fillette a bien l'intention de la découvrir. Elle sait aussi qu'elle aura besoin d'aide pour résoudre un problème aussi grave.

Elle commence son enquête en demandant l'aide du professeur Trouillard. C'est un savant et un inventeur.

Éléonore arrive donc chez le professeur. Elle appuie sur la sonnette. Elle doit patienter très longtemps avant qu'il vienne ouvrir.

Le professeur regarde par le judas*. Puis il crie, de l'intérieur de la maison:

— Attends une minute.

*Petite ouverture dans une porte.

Et il se met à tirer les verrous. Puis il lève les clenches* et il compose les combinaisons des cadenas. Ensuite,

*Levier qu'on actionne pour ouvrir ou fermer une porte.

il soulève les loquets. Enfin, il fait tomber les bobinettes* de toutes les serrures installées sur sa porte. Le professeur Trouillard a besoin de 39 serrures pour se sentir en sécurité.

Il finit par ouvrir sa grosse porte si imposante.

*Pièce de bois mobile.

— On n'est jamais trop prudent, de nos jours, explique-t-il à Éléonore.

La fillette lui parle de son idée :

— Vous êtes un spécialiste de la science et des inventions. J'ai pensé que vous pourriez m'aider. Je voudrais savoir pourquoi Oscar détruit tout sur son passage.

Du coup, le professeur Trouillard manque de s'évanouir. Il chuchote :

— Oh là là ! mais tais-toi ! C'est trop dangereux de parler de çà. Oui, beaucoup trop dangereux !

Il se dépêche de dire au revoir à Éléonore. Vite, il pousse les verrous et il abaisse les clenches. Puis il referme les cadenas. Ensuite, il ajuste les loquets. Et enfin, il replace les bobinettes de ses 39 serrures. Avec tout ça, il est sûr que sa porte est bien fermée.

À deux heures, ce jour-là, Oscar arrive en ville en marchant à grands pas. Il saccage complètement le magnifique jardin de la bibliothèque de Chambouleville.

Le lendemain, Éléonore se rend au bureau du maire Gobichon. « Le maire sait peut-être pourquoi Oscar fait tant de ravages là où il passe », pense-t-elle.

Hélas ! non. Le maire Gobichon ne sait rien du tout. Il lui répond ceci :

— Voyons, ma petite fille, j'ai beaucoup trop de travail pour me soucier de ce genre de choses. Si je m'occupe de cette histoire de monstre, qui sera ici pour dire à tout le monde à quel point je travaille fort, hein? Non, je suis désolé, mais je n'ai vraiment pas le temps.

«Tant pis, je ne pourrai pas résoudre le problème d'Oscar», se dit Éléonore, découragée.

Soudain, elle entend un grand vacarme:

C'est le monstre qui arrive!

4

LE SECRET D'OSCAR

Sauve qui peut! Tous les gens de Chambouleville s'enfuient chez eux. Bientôt, des arbres et des lampadaires se mettent à tomber. Ils font un fracas épouvantable.

Éléonore file vers sa maison, elle aussi. Elle court si vite que ses lunettes s'envolent. Elle ne s'arrête pas avant d'être rendue chez elle.

Mais… que se passe-t-il ? C'est très calme, tout à coup. Aucun arbre déraciné. Pas de montagne fracassée. Pas de lampadaire renversé. Oscar serait-il déjà reparti ?

Éléonore s'approche de la fenêtre. Elle aperçoit le monstre qui regarde à travers quelque chose de minuscule.

Elle s'exclame:

— Hé! ce sont mes lunettes!

Oui, c'est vrai : Oscar est en train de regarder à travers les lunettes d'Éléonore ! Puis il commence à marcher le long de la rue en faisant bien attention et sans rien accrocher.

— Oh! je comprends son problème!
Oscar ne voit pas! s'écrie Éléonore.
C'est pour ça qu'il détruit tout dans
la ville. Il a besoin de lunettes!

Éléonore sort de la maison pour aller lui serrer la main. Les gens de Chambouleville se rendent compte qu'Oscar est un monstre très amical.

Ils viennent tous le rencontrer.
Tous, sauf le professeur Trouillard
qui a encore très peur d'Oscar.

Après un certain temps, le professeur Trouillard finit quand même par se sentir rassuré. Et il fabrique d'énormes lunettes pour Oscar.

Depuis ce jour, Oscar le monstre n'a plus jamais foncé sur les montagnes ni sur les arbres. Et les gens de Chambouleville n'ont plus du tout peur de lui.

FIN

Voici les livres AU PAS de la collection :

Lesquels as-tu lus ? ☑